作品解说

박상현

명왕성에서

일러두기

「명왕성에서」는 2019년 5월 15일부터 26일까지 남산예술센터
드라마센터에서 초연되었다. 이 책은 그 공연에 맞추어 발간되었다.

공연의 출연진 및 제작진 크레디트는 다음과 같다.

작/연출	박상현
드라마터크	손원정
제작PD	권연순
무대	손호성
조명	남경식
영상	윤민철
음악	이율구
의상	고혜영
분장	이동민
액팅코치	강민재
움직임	홍혜원
무대감독	이도연
조연출	김예진, 이철용
출연	강봉성, 강연주, 김문식, 김솔, 김은정, 김청순, 백익남, 윤미경, 윤현길, 이동영, 이상홍, 김동휘, 이우현, 이은정, 이지원, 최지연, 최지현, 최지현, 최희진

차례

등장인물

소녀들
소년들
엄마들
아빠들
잠수사들
봉사자들
의경들
기자들
신도들
아들들
딸들
친구들
배우들
젊은 여자들

* 이 희곡에서 특정 지칭과 숫자로 표시되는 인물들은 장(scene)을 달리해서는 동일 인물이 아닐 수 있다.

** 이 극은 많은 저작과 언론 기사, 방송물, 온라인 자료 등을 참조로 해서 만들어졌다. 창작에 참조한 자료의 목록을 희곡 끝에 덧붙인다.

1장

서울에서 가까운 작은 도시의 한 고등학교 방송실. 작고 소박하게, 최소한의 장비만 갖추고 있다.
소녀와 소년이 방송을 시작한다.

소녀   안녕 친구들! 오늘은 4월 14일. 월요일 '정오의 방송'입니다. 오늘의 점심 메뉴—보리밥, 배춧국, 비엔나 케첩 조림에 파래 무침, 그리고 깍두기! 오늘은 무슨 날? 기다리고 기다리던 수학여행 떠나기, 전날! 저기 먼 남쪽 바다, 제주도로 떠나기 전날! 오늘은 무슨 날? 역사 속의 오늘, 오늘의 캘린더, 펼쳐 보겠습니다.

소년   102년 전 오늘, 1912년 4월 14일 밤 11시 40분 2,224명을 태운 초대형 여객선 타이타닉호가 대서양 뉴펀들랜드 해역에서 빙산과 충돌해 다음 날인 15일 새벽에 침몰했습니다. 역사상 최대의 해난 사고였다고 하는데요, 에드워드 스미스 선장을 포함한 1,513명의 선원, 승객들과 함께 배는 차가운 바닷속으로 가라앉았답니다.
        <타이타닉> 영화 봤어요?

소녀   그럼요, 봤지요.

소년   그 영화 세대는 아닌 것 같은데요.

소녀   디카프리오 젊을 때, 짱 멋있어요!

소년   오늘의 캘린더. 오늘은 블랙데이! 발렌타인데이, 화이트데이 다 패싱되신 분들, 학교 정문 앞

산동반점에서 오늘은 짜장면이 반값이랍니다.
2학년 4반 김동식, 안창우, 서준서, 그리고
고은이……

소녀　그만! 거기까지.

소년　오늘은 음력 3월 15일……

소녀　음력이라고욤?

소년　음력으로 생일하시는 부모님들 계시죠? 그리고
우리 집은 할머니랑 같이 살거든요. 할머니
생신상도 음력으로 차립니다.

소녀　아버님께서 효자시로군요!

소년　제주도 가 봤어요?

소녀　아니요.

소년　나둔데. 제주도 하면 뭐가 생각나세요?

소녀　음…… 역시 한라산 아닌가요? 우리 한라산
올라가나요?

소년　한라산은 해발 1,950미터. 이거 장난 아닙니다.
누군 올라가고 누군 못 올라가고, 그럼 안 되죠.
오름이라고 있거든요. 작은 분화구가 오름직한
언덕이나 작은 산이 된 새끼 한라산들. 거기에
올라가보겠습니다. 서귀포 백약이오름, 이건 357
미터. 백 가지 약초가 나 있다는 백약이오름.

소녀　병드신 아버님을 위해 아흔아홉 굽이 산을 넘고
아흔아홉 물 건너서 백 가지 약초를 찾아 떠나는
바리데기들! 내일 4월 15일 저녁 6시 30분
인천항에서 배를 타고 출발해 4월 16일 오전
제주도에 도착해서 섬 전체를 들었다 놨다 한 다음,
4월 18일 금요일에 돌아옵니다!

소년　그리고 나면 주말, 일요일인 4월 20일은

부활절입니다. 교회에선 그 전 한 주일을
수난주간이라고 하는데요, 예수님께서 지상에서
마지막 고난을 겪으신⋯⋯

소녀   아, 그 수난주간에 우리는 수학여행을 가는 거군요.

소년   그러게 말이에요.

소녀   친구들, 오늘은 집에 바로 가서 미리미리 짐 꾸려
        놓으세요. 내일 서두르다가 뭐 놓치지 말구요. 그럼
        오늘 '정오의 음악' 들으면서 저희도 일찌감치
        물러갑니다.

소년   내일은 우리 우주의 끝만큼 멀리 떠납니다. 여러분
        오늘 밤 좋은 꿈 꾸세요. 우리 배에서 뭐 할지,
        제주도에서 마지막 밤에는 무슨 파티를 할지
        생각하면서⋯⋯!

소년, 소녀, 음악을 튼다. 그리고⋯⋯

학생들이 귀가하고, 늦은 오후 또는 저녁. 집에서 가족과
어울리고 다투고 얘기하는 모습들이 펼쳐진다.

        엄마, 빨리 밥!
        좋은 데 가서 좋은 거 먹을 텐데⋯⋯
        맘스키친만 한 게 있을까용.
        아빠 오시면 나가서 고기 구워 먹자, 삼겹살.
        할머니이, 나 제주도 가요. 할머니 고향에.
        아 증말, 해라도 진 뒤에 소주병 따야 되는 거 아냐.
        왜, 주먹은 왜, 아버지 패려구, 또?
        가방 하나 사러 나갈까, 바퀴 달린 걸로?
        마트에?

마트는, 시내 백화점에 가야지.

이거 괜찮은데……

배고프다 누나.

김치볶음밥 해 먹을까. 냉농실에 돼지고기 요만큼
     있어. 김치하고 그거 작게 썰어서……

오늘은 학원 쉬지 그러니. 준비할 것도 많을 텐데.

뺏긴 일등 어떡하구.

갔다 와서 하면 되지.

야, 너 어디 가니? 너 바지 주머니에 웬 담배
     가루야!

아이 씨, 내 청바지 빨래 통에 그대로 있잖아!

또 또 짜증낸다. 세탁기 돌리고 널면 날 새기 전에
     말라.

밤에 말리면 눅눅하단 말야!

"마트 교대 끝나면 얼른 오께. 냉장고에 김치찌개
     데벼서 우선 먹고 있어……" 옴마, 우리
     김여사 이거 맞춤법 봐라!

얘는 왜 아직 안 들어오는 거. 내일
     수학여행이라며……

어머어, 가방 너무 이쁘다!

2장

세상이 기우뚱하는 굉음. 그리고……
멀리, 먼 남쪽 바다에서, 큰 물을 가르며 배가 기울고 있다.

아침. 작은 도시의 거리.
버스가 막 출발하는 소리가 들리고, 남편과 딸에게 부축을
받으며 엄마가 들어온다. 호흡이 안 되는 듯 숨을 몰아쉰다.

엄마   ……어어어……어…푸……우, 우…리…아들! 빠,
         빨리……빨리 가야……내가…왜…이래……
         어미가……돼…서……

엄마, 앉지도 서지도, 걷지도 뛰지도, 말하지도 못한다.

아빠   여보, 깊게, 깊게 숨 쉬어. 깊게, 깊게……
엄마   가야……가야…해……가, 가…야……하는데…
         가서 빠, 빨리…데리고…와야……하, 하…는,
         하는…데……!
아빠   당신 진정부터 하고……일단 구조는 됐다니까…숨
         깊게 쉬고……
딸   엄마, 약, 약 어디 있어? 가방엔 없고……갖고
         왔어? 어디 있어?
엄마   여, 여보……다시…버스, 탈래……
아빠   학교 버스 떠났어.
엄마   세워. 다시 타야……어, 어…흡……프…하……가,

	가야……
아빠	버스 떠났다니까. 다음 거 타.
딸	아빠, 아무리 뒤져도 약 없어요.
아빠	집에 놓고 왔나 보다. 서두르느라고 놓고 왔지 뭐.
딸	엄마, 가만 계세요. 깊게 숨 쉬고, 깊게……
엄마	……어……어흐!
아빠	이제 숨 쉴 만해? 버스 내리길 잘 했어. 더 멀리 갔다가 내렸으면 오도 가도 못 할 뻔 했지. 우리 차 타고 가자. 아, 먼저 내가 집에 가서 약 가져와야겠다. 가만, 아냐. 학교로 가야지. 학교에 가서 차 가지고 집으로 가서 약 가지고 와서, 가야지.
딸	아니 아빠, 그러지 마시고 사거리로 가셔서 택시 잡아 오세요. 택시 타고 천천히, 학교 들러서 우리 차 타고, 천천히, 집에 가서 약 가지고, 천천히 내려가요.
엄마	천천히……우리 아들은…사, 사는지, 죽는지, 모르는데……천천히…천천히!
딸	아빠, 빨리.
아빠	그래……죽기는 누가 죽는다고……그래도 맘이 놓여야…!

아버지가 택시를 잡기 위해 나가고 나서, 또 다른 엄마와 아버지, 그리고 아들이 들어온다.

다른 엄마	왜 여기 계세요. 얼른 버스 타고 가야지요. 아이고, 우리 딸…우리 딸……!
딸	저희는 그냥 내렸어요. 일단 구조는 됐다고

하고……

다른 아빠   전원 구조, 그거 아니에요. 오보래요, 오보!

딸   네에?

엄마   허어……우리 아들…!

다른 엄마   지금 배는 기울고……상황을 알 수가 없어요.
아이구, 우리…아가!

다른 아빠   아침에 뉴스 보자마자 애한테 전화를 했는데, 계속
불통인 거예요. 어젯밤 인천에서 배 출발할
때까지만 하더라도 멀쩡했는데. 통화하는 너머로
배가 경적 소리를 뿌움 뿌움 내더라구요.

딸   인천에서 안개가 많이 끼었었대요.

아들   걔 멀쩡할걸요, 배가 멀쩡하지 못한 거죠. 진도
앞바다라면 거의 다 간 건데……

다른 엄마   얼른 가요. 빨리 구해서 데려와요.

딸   학교 버스 출발했어요.

다른 아빠   네? 학교로 모이라고 하더니 그새 떠나면
어떡하나?

딸   우선 자리 차는 대로 출발하고 다른 버스 또
대기시킨다고 했어요.

다른 엄마   그런데 왜 여기 이러고 계세요?

딸   저희 엄마, 몸이 안 좋으세요. 차가 빨리 달리는 걸
못 견뎌요. 버스 타고 가다 막 도로로 진입해서
속도를 내니까 숨이 막힌다고……그러니까 빨리
가지 말라고 할 수도 없고, 참으려고, 참고
가시려고 했는데……

다른 엄마   저런 저런, 놀라서 그래요. 우리 딸은 또 얼마나
놀랐을까. 애가 사내처럼 담 세고 씩씩하긴 하지만,
배가 가울었다는 게 보통 일인가.

아들	그렇게 큰 배가……
다른 아빠	아직 몇 명이나 구했는지 몰라요. 아무도 몰라요!
엄마	어어, 푸……어, 파……가…가자……가! 수… 숨이…멎더라도…가……가야지…가야지!
딸	괜찮겠어, 엄마?
엄마	가…가자…빨리!
딸	엄마, 아빠 차 가지러, 아니, 택시 잡으러 가셨어요. 잠깐 기다리세요.

멀리……배가 점점 가라앉는다. 뱃머리만 수면 위로 겨우
보인다.

다른 엄마	어, 어……저걸 어째…!
엄마	허억……하나님!

어느 큰 교회에서 부활절 축복 예배를 하고 있다. 찬양제의
웅장한 칸타타가 울려 퍼진다.

> "생명의 주님, 우리를 불쌍히 여기소서. 꽃도 피우지
> 못한 채 차디찬 물속에 갇혀 있는 어린 학생들과 진도
> 부두에서 애태우고 있는 가족들에게 하나님께서 산
> 소망을 주실 줄로 믿습니다. 요나의 기적을 한국
> 사회가, 한국 교회가 목도하게 해주십시오. 단 한
> 생명이라도 무사히 돌아와 가족을 만나게
> 해주십시오. 그리고 국민들에게 주님의 위로와
> 부활의 기쁨과 소망이 함께하시기를……"

3장

부두. 네 개의 공간——경찰들의 공간, 자원봉사자들의 공간, 기자들의 공간, 그리고 잠수사들의 공간. 또는 그 공간들이 모두 녹아 있는 하나의 공간.
울음소리, 알 수 없는 수군거림, 발소리, 멀리 배의 경적 소리……

의경 1 또 한 구 들어왔대.

의경 2 스물아홉 번짼가.

의경 1 또 들리겠네, 그 소리.

의경 2 아, 나 더는 못 듣겠어.

의경 1 나도 못 듣겠어.

의경 2 귀를 막을 수도 없고, 자리 뜰 수도 없고……

기자 1 주검을 실은 배가 들어오면 하늘도 그냥 하얗게 질리는 것 같습니다. 시신을 천막 안으로 들여가요. 그럼 기다리고 있던 가족이 시신을 확인하지요. 시신을 감싼 천을 열어 피붙이를 확인하는 순간 터져 나오는 소리란…!

기자 2 들어가 봤어요?

기자 1 웬걸. 기레기는 들여다보지도 못합니다.

기자 3 어떤 친구는 거기서 나오는 분한테 "지금 심정이 어떠세요?" 묻더라고. 신참도 아닌 것 같던데.

기자 2 아무 생각이 없는 거지.

봉사자 1   가만히 있으라고 했대요.

봉사자 2   배가 기울었는데 가만히 있으라니, 그게 무슨
           소리래요?

기자 1   칼 같은 비명 소리, 울음소리가 하늘을 찢지요.

기자 3   그냥 2학년 몇 반이라고만 했는데도 서너 분이
           한꺼번에 쓰러지시더라고요. 정말 한 번에,
           같이……

의경 1   사람 소리가 아니야. 사람이 낼 수 있는 소리가
           아니야.

의경 2   귀를 막아도 들리고, 이어폰을 끼고 있을 수도
           없고……

의경 1   광화문에서, 수십만 명 함성 소리도 견뎠는데,
           이건……

의경 2   ……귀를 찌르고 가슴을 찢는 것 같아……

봉사자 3   혹시 그 얘기 들었어요? 오늘 들어온 시신 2구,
           남녀 학생인데, 구명조끼 끈이 서로 묶여 있었대요.

봉사자 1   누가 그걸 묶어놔?

봉사자 3   아니, 물속에서, 배 안에서 묶여 있는 채로
           발견됐대요. 물이 들어오기 전에 자기들끼리 묶은
           거겠죠.

기자 2   허어……얼마나 무서웠으면…!

잠수사 1   어 추워. 떨린다…!

봉사자 1 오늘도 실수를 했어요. 어머니, 아버지께 아예
         말씀을 안 드리는 게 낫겠어요. 인사도 안 하는
         게⋯⋯. 안녕하세요, 말이 안 되고, 식사는
         하셨어요, 해도 말이 안 되고, 좀 주무셨어요, 해도
         말이 안 되고. 그냥 고개만 꾸벅 해야 할까요.

기자 3   우리는 안녕히, 가 입에 뱄으니까요.

기자 1   그런데 그 아이 둘, 어떤 사이였을까?

잠수사 1 난 이번에 처음 봤어요. 물속에서, 경력이 십일
         년인데, 물속에 있는 시신⋯⋯처음 봤어요.

봉사자 2 오늘 한 가족이 시신 거둬서 올라가시는데, 인사를
         하려는데 무슨 말이, 아무런 말도 할 수가 없는
         거예요. 어떤 말도 말이 안 되는 거 있죠.

기자 3   잘 있었어요, 안 되고. 괜찮아요, 안 되고,
         힘내세요⋯⋯이것도 안 되고⋯⋯

잠수사 1 내 코앞에서. 가시거리가 삼사십 센티밖에 안
         되는데, 시커멓고 뿌연 물속에서 갑자기 화악
         나타나는 거예요.

잠수사 3 형님, 거 천천히 드세요.

의경 2   조용하지. 왜 아무 소리도 안 들릴까?

의경 1   ⋯⋯그러게. 혹시 기절하신 건가?

의경 2   ⋯⋯전부?

잠수사 4 아이들이 그 두꺼운 판때기를 뚫고 올라갔어요.

살려고, 쇠문을 갖다가 맨손으로 부쉈어요.

잠수사 1   발가락을 먼저 만졌는데, 그 감각이……물이
           차가웠는데, 발가락이 오무라져 있었어요.

잠수사 4   유리가 처음엔 안 깨지더라고요. 몇 번 실패하고
           겨우 진입해서 이렇게……라이프 자켓만
           보이더라고요. 색깔이 빨가니까.

잠수사 1   아이가 상하지 않게 내 품 안에 꼭 안았는데……

잠수사 4   손을 넣으니까 사람이 잡히는 거야. 진짜로 처음엔
           으악, 하면서 이런 씨…! 그리고는 막
           복받쳐오더라고. 막상 내 눈으로 보니까,
           미치겠더라고……

잠수사 3   이렇게 하니까 구명 자켓에 등 뒤로 줄이 팽팽하게
           당겨져 있네. 줄을 따라가 봤지. 다른 손이 그 줄을
           꼭 붙잡은 채 굳어 있어. 놔주세요. 금방 와서 모셔
           갈게요. 조심조심 줄을 떼어내 보려 해도 이게,
           줄이 빠져야 말이지. 칼로 절단했지. 다시 올게요.
           형님, 좀 천천히 드시라니까요.

잠수사 4   나중에 보니까 손이 다 망가져 있더라고……손톱이
           다 빠지고 손가락이 뒤틀려서……

봉사자 4   제가 거기서 왔어요. 아니, 우리 아이가 배를 탄 건
           아니구요. 제가 거기서 떡볶이를 해요. 노점이요.
           학교 근처 공원 앞 큰길에서. 그 학교 학생들도
           오다가다 자주 들르지요. 그래도 늘 보던 애들이 저
           물속에 있을 수도 있겠다 싶어서……그냥 떡이나
           뒤집고 있을 수가 있어야죠. 노점 접고 그냥 내려온
           거죠.

잠수사 4 겨우 바지선에 올라와 꺽꺽, 우는 건지 딸꾹질을
하는 건지, 아직 발은 물에 담근 채 앉아 있는데
저편에 열 명 넘어 보이는 가족들이 보여요. 물속이
어떤지 알고 싶어 한다고 가서 얘기해주라네요,
해경이. 하아, 그걸 어찌 얘기하나……

봉사자 3 먼저 들어간 잠수사가 그런 거 아닐까? 한꺼번에
두 명을 발견한 거야. 그런데 시간이 돼서 다시
나와야 하는데, 그냥 두고 나오면 또 유실될 수도
있고, 그래서 둘을 묶어놓은 거지. 기다려. 다시
와서 데려갈게. 둘이 붙어 있으면 물살에 흩어지지
않을 거야.

기자 3 그럴 수도……

잠수사 2 딸? 나야, 아빠……아니, 나 안 취했어.

봉사자 3 꼭 다시 올게. 둘이 이렇게 있으면 찾기 쉬울 거야.
그런데 다음 들어갈 잠수사한테 그걸 말한다는 게
경황 중에 잊어버린 거지. 뭐 정신이 없었을 거
아냐.

잠수사 2 아냐, 안 울어. 딸 잘 지내고 있지?

봉사자 4 한 석 달 전, 고등학생 커플을 알게 됐어요. 매주
한두 번은 찾아왔는데, 돈이 별로 없어서인지
둘이서 늘 1인분만 시켰어요. 그럼 내가 안쓰러워
가만히 한 주걱 퍼서 더 담아주곤 했죠. 사고 나기
사흘 전인가에도 애들이 왔어요. 다투고 왔는지

여학생이 토라져서 입을 떼지도 않더라구요. 너희
싸웠니? 다투지 말고 사이좋게 지내. 그날도 한
주걱 덤으로 퍼줬죠. 그러는 사이에 마음이
풀렸는지 여학생이, 아저씨, 다음 주면 저희 만난
지 백 일이예요, 하네요. 그래 제가, 그럼 그날 꼭
들러라. 아저씨가 한턱 쏠게, 하니까 와, 정말요?
그럼 저희 제주도로 수학여행 가는데 아저씨 선물
꼭 사올게요, 하면서 웃었어요.

기자 2　　그러니까 그 남녀 커플이 그 학생들이다?

봉사자 4　모르죠. 그냥 혹시 그럴 수도……이름이나
　　　　　물어볼걸.

잠수사 2　오늘은 다섯 번이나 잠수를 했어……체력이 좋은
　　　　　게 아니라 여기가 그렇다. 마지막 잠수 때, 이번엔
　　　　　한 명이라도 찾으려나, 하면서 입수를 했지.
　　　　　급물살에 빨랫줄처럼 몸이 횡으로 날리네.
　　　　　겨우겨우 몸을 가누면서 5분 만에 라이프 라인
　　　　　끝에서 멈췄지……라이프 라인, 생명 줄. 거기서
　　　　　25미터 로프 연결하고 오른쪽을 찾기 시작하는데,
　　　　　서치라이트를 켰어도 눈앞에 손가락도 안
　　　　　보이더라고. 갑자기 물 흐름이 잠잠해지는 데가
　　　　　나오네. 승객들 다니는 통로야. 위쪽으론 거꾸로 선
　　　　　계단인 것 같고. 잠깐 숨을 고르고 몸을 안쪽으로
　　　　　돌리는데 신발 두 짝이 눈에 들어오네. 이래 이래,
　　　　　떠다니는 것들을 밀쳐내니까 거기, 남학생 시신이
　　　　　있는 거야. 청바지에 구명조끼를 입고. 이번
　　　　　작업에서 처음 만난 시신이지……들어봐. 그래 두
　　　　　손을 모아서 예를 올리고, 남학생을 밀고 배 밖으로

나오려고 하는데, 뭔가 묵직한 느낌이 들어.
구명조끼 아래쪽 끈에 뭔가가 연결돼 있는 거야. 한
1미터쯤. 그래 끈을 당기니까 거기서…갑자기,
여학생 시신이 확 나타나. 후우……맨발이더라고.
잠수 시간이 10분밖에 남지 않았는데 두 사람을 한
번에 끌고 나가기엔 너무 무거운 거야. 그래서 끈을
조심스럽게 풀었네. 남학생을 먼저 배 밖으로
밀어낸 다음에 여학생을 데리고 나오려고 하는데,
남학생 시신이 수면 위로 뜨질 않아. 보통 시신은
물에서 떠오르거든. 이 아이들이 떨어지기 싫어서
그러나. 물속에서도 뜨거운 눈물이 나오더라.
그리고 온몸에 힘이 쭉 빠져. 어떻게 몸을 쓸 수도
없이……두 사람을 물속에 두고 수면으로 나왔지.
맥없이 바지선에 팔 걸치고 물 아래로
고갯짓해서…시신은 후배들이 수습하고……
어허……딸, 잘 지내고 있지?……응?

봉사자 3   모르는 사이일 수도 있죠. 그냥, 네가 무서울 것
         같으니까 가는 길에 동무해줄게.
봉사자 4   엄마, 아빠, 우리는 외롭게 가지는 않았어요,
         전하고 싶어서……?
기자 1   아니면……
기자 2   아니면?

봉사자 3   저 소리……!
기자 1   또 들어오네.

귀곡성 같은, 울음소리를 연상시키는 현악기 소리.

4장

배 안. 넓은 홀. 그러나 가로가 짧고 세로가 긴 것으로 보아 옆으로 누운 공간임을 알 수 있다. 그리고 한 편에 간단한 음향기기가 있는 방송 부스.
그 안에서 소년과 소녀가 마이크를 잡고 있다. 다른 소녀, 소년 들은 부유하듯 멈춰 있거나 누워, 또는 엎드려 있다.

소년 1   안녕, 친구들! 방송실이에요.
소녀 1   아, 놀라지 말고, 당황하지 말고, 가만히 계세요!
소년 1   사실 이곳은 조타실, 여기는 원래 시스템
          배전반으로 썼던 곳이에요. 우리 약속했죠. 배
          안에서 멋지게 놀아보자고. 끝내주는 파티 하자고.
소녀 1   지금이 바로 그때! 이 밤, 우리 또 먼 길을 떠나기 전,
          바로 오늘 이 밤에! 자 그럼 슬슬 몸을 풀어볼까요?

둘이 노래한다. 선창에 이어 모두 잠에서 깨어난 듯 일어나 노래 부르며 춤을 춘다.

          즐겁게 춤을 추다가 그대로 멈춰라
          즐겁게 춤을 추다가 그대로 멈춰라

소녀 2   아 후! 여긴 물이 안 좋아. 너무 흐리고 탁해. 파란
          하늘 보면서 맑은 공기를 마시고 싶어.
소년 1   그녀는 여신, 우리 학교 1등, 공부의 신! 그중에서도
          수학의 여신!

다시 노래가 이어진다.

> 서 있지도 말고 앉지도 말고 눕지도 말고 움직이지 마
> 즐겁게 춤을 추다가 그대로 멈춰라

소년 2   내가 마지막으로 보낸 카톡, 엄마 아빠한테
         갔을까? '이거 정말 가라앉을까 ㅋㅋ, 엄마 아빠, 나
         못 볼지도 몰라' 그렇게 보냈지. 한 번만 더 인사할
         수 있다면…사랑해, 도 못했는데.

소녀 1   종이와 담벼락을 사랑하는 우리 학교 만화가. 장래
         희망은 패션 디자이너!

> 즐겁게 춤을 추다가 그대로 멈춰라

소년 3   여긴 왜 아무도 안 찾아오는 거야. 답답해, 심심해,
         답답 심심, 답답 심심, 오우 예! 나 빨리 집에 가고
         싶은데……

소년 1   기타 치고 노래하는 우리 학교 가수! 최최최,
         최고의 명가수!

> 즐겁게 춤을 추다가 그대로 멈춰라

소녀 3   엄마, 약 빼먹지 말고 꼭 꼭 드세요. 아빠, 술 많이
         드시지 말고요. 건강하셔야 해요. 저도 없는데……

소녀 1   2학년 3반 반장. 반에서는 반장, 배에서는 선장.
         선장이 도망가고 나서부턴 우리들의 선장!

> 즐겁게 춤을 추다가 그대로 멈춰라

소년 1   절대 움직이지 마시기 바랍니다아.

소녀 4   엄마 미안해. 반찬 투정, 용돈 투정, 맨날 얼굴
        찌푸리고, 미안해. 그리고 수학여행 가는 것 때문에
        예민하게 굴어서 미안해, 정말 미안해.

소년 1   미안해, 미안해, 미안해. 그래도 별명이 효녀 김청!

        서 있지도 말고 앉지도 말고 눕지도 말고 움직이지 마
        즐겁게 춤을 추다가 그대로 멈춰라

소년 1   우리 학교 공인 짱. 누구도 때리진 않지만, 그래도
        모두가 알아주는 주먹 짱!

소녀 4   엄마, 아빠, 걱정하지 마세요. 나 너무 무섭고
        떨렸지만 생각했던 만큼 고통스럽지는 않았어요.

        즐겁게 춤을 추다가 그대로 멈춰라

소년 1   현 위치에서 움직이지 마시고, 가만히 대기해주시기
        바랍니다. 움직이면 위험하오니 현재 위치에서
        잡을 수 있는 안전봉을 잡고 대기하시기 바랍니다.

소녀 1   물이 들어올 때까지.

소년 1   물이 차오를 때까지.

소녀 1   담임 선생님, 우리 반 반장, 매점 종업원 언니,
        그리고 빨간 바지에 러닝셔츠, 그리고 모르는
        아저씨……우리를 구하려고 동동 발 구르고……

소년 1   밀어 올리고, 끌어당기고 했지만……

소녀 1   모두 함께, 모두…함께……

소년 1   두려움과 고통은 배만큼이나 컸지만 길진 않았어.

소녀 1   우리는 서서히 죽음을 지나 천천히 육체를 떠나—

가슴을 떠나, 머리를 떠나, 발목과 손끝에서
떨어져, 원치는 않았지만, 자유로워졌어. 저기
우리의 몸들을 바라보면서……저기, 저어기……

즐겁게 춤을 추다가 그대로 멈춰라

소녀 5 그런데 좀 추워. 여긴 시커멓게 어두운 데다 추워.
　　　　따뜻하고 밝은 데로 가고 싶다. 어떻게? 어떻게!

소녀 1 우리 학교 댄싱 퀸, 춤의 여왕, 댄싱 퀸!

즐겁게 춤을 추다가 그대로 멈춰라

소년 5 왜 밖으로 나가지 않았을까. 주저 없이 나가는
　　　　사람들도 있었는데, 그때 우리도 나갈걸. 배 기울기
　　　　시작했을 때 바로 나갈걸. 바보, 바보같이……!

소년 1 그러게, 우리 왜 그랬을까. 왜 그랬을까……?

서 있지도 말고 앉지도 말고 눕지도 말고 움직이지 마
즐겁게 춤을 추다가 그대로……

소녀 1 쉬잇! 누가 온다…!

모두 움직임을 멈추고 공간 속을 부유하듯 머무는 가운데
서치라이트 불빛을 앞세우고 잠수사 한 명이 들어온다.

　　　　"여기들 모여 있었구나. 얘들아 집에 가자. 한 명 한
　　　　명 내가 다 집에 보내줄게."

5장

작은 교회 예배실 또는 사택 거실.
목사인 아빠와 엄마, 그리고 신도들이 앉아 있다. 그들이
둘러앉은 한가운데에 무언가를 올려놓은 작은 상이 놓여
있고, 그 위에 천이 덮여 있다.

신도 1   목사님, 오늘 1심 선고 공판이 있었습니다. 재판
          내내 뻔뻔한 얼굴들을 보고 있자니 욕지기가
          올라오더라구요.

신도 2   수건돌리기 하듯이 책임 돌리기를 해요.

신도 1   권력 뒤에 권력 있고 실세 뒤에 정말 무서운 실세가
          있는 거 알았습니다.

아빠   애 엄마는 몰라도 나는 가봤어야 했는데, 수고
          많으셨습니다.

신도 2   남의 일인가요.

신도 1   해운사 사장이 징역 10년을 받았습니다.

신도 2   벌금도 200백만 원이나 선고받았구요.

신도 1   전에 선원들 공판에서는 선장이 징역 36년 받았고,
          그 아래로 기관장 30년, 항해사, 조타수들 20년,
          15년, 10년 받았지요.

엄마   생일날에 아이한테 무슨 선물 같네요.

신도 2   선물이라면 너무 약소하지요. 그 살인자들을
          모조리 사형시켜야 그나마 조금 설분이 될 텐데요.

아빠   그 무슨 말씀들을 교회에서……!

신도 2   죄송합니다, 목사님.

엄마   안타깝고 속상하시니까 그러시는 거죠. 그 정도
      말씀도 못 해요?

아빠   모든 것이 하나님께서 정해주신 길로 갈 겁니다.

신도 2 그런데 미필적 고의라는 게 뭔가요? 선원들
      공판에서 '승객에 대한 미필적 고의에 의한 살인 및
      살인미수' 혐의에 대해서는 무죄라고 했는데요.

신도 1 선원들이, 내가 조치를 취하지 않으면 저 사람들이
      죽을 수 있는데 정말 죽더라도 상관없다, 이렇게
      마음먹었다는 걸 검사가 입증해야 하는데 그
      증명을 못 했다나요. 그게 안 되면 유죄가
      의심되더라도 피고한테 유리하게 판단할 수밖에
      없다, 그런 거예요.

신도 2 그럼 뭐로 죄를 준 거죠?

신도 1 유기치사, 유기치상.

신도 2 죽도록 내버려뒀다는 거.

신도 1 …내버려둬서 죽게 했다는 거.

신도 2 그게 그거 아녜요. 미필보다 더 나쁜 거 같은데요.

아빠   주님……! 이 미운, 이 증오심을……거둬가
      주십……크흑!

신도 2 정말 예뻤는데…얼마나 예뻤어요.

신도 1 아까워. 아까워요……!

엄마   그때 가봤어야 했는데, 가서 애 얼굴을 봤어야
      했는데……

아빠   안 가본 게 잘한 거라 했잖아요.

신도 1 뒤에 나온 경우엔 다 그렇다더라구요, 차마 못
      본다고…차마 볼 수 없는 모습으로 나온다고……

엄마   그래도 어미라는 게, 지 새끼가 돌아왔는데,
      돌아와서 마지막 길을 가는데……어미라는 게!

아빠	그 애 이쁘던 얼굴만 떠올리려고 하지요. 웃고 있는 환한 얼굴만⋯⋯그런데 어느 순간 그 얼굴이 겹쳐져. 그 마지막 얼굴이⋯치우려고 하면 할수록, 그 부풀고 뭉개지고, 머리가 빠지고⋯⋯그 얼굴이⋯! 눈을 감고 머리를 흔들어도 그 얼굴이 우리 애 얼굴에 붙어서 떨어지질 않아. 주여, 이것은 또 아비라고 할 수 있습니까!
신도 2	목사님!
신도 1	하나님의 뜻이겠죠? 하나님의 뜻이니까, 이제는 천국에 가 있겠지요.
아빠	주님의 뜻이니 받아야지요. 받아들여야 하지만⋯이 미약한 자에게, 욥의 시련을 이 미약한 자에게 주십니까!
엄마	하나님의 뜻이니 받아들이라구요? 난 그 뜻을 모르겠네요.
아빠	견딥시다. 언젠가는 부활의 날을 보게 될 거예요.
엄마	부활이라니요. 우리 애가 예수님처럼 부활한다구요?
신도 1	천국에서 부활할 거예요.
엄마	그게 무슨 소용 있어요. 여기에 우리 아이로 다시 오지 않는다면 그게 무슨 부활이에요? 무슨 믿음이 그렇게 쉬워요.
아빠	부활 전에 수난이 있지 않아요. 눈물과 피, 그 긴 시간의 끝이 아닙니까.
엄마	그래서 올해 부활절을 그렇게 잔치처럼 보낸 거군요. 사순을 다 눈물로 채울 수는 없었나요?
아빠	여보, 당신 믿음을 가진 사람이⋯⋯
신도 1	사모님, 그건 모든 교회의 전통이랄 수 있는데⋯⋯

엄마   욥이요? 욥이 어떻게 했게요?

신도 1   욥은 온전하고 정직하여 하나님을 경외하며 악에서
    떠난 사람이었지요. 그런데 어느 날 닥친 재난으로
    가진 것을 모두 잃고 아들딸들도 한날한시에
    죽음을 맞았지요. 그리고 온몸이 문드러지고
    피부에 가려움증이 덮치는 큰 병을 얻었습니다.

아빠   죄 없이, 이유를 알 수 없이 욥에게 고통이 시작된
    것입니다.

엄마   아니요. 우린 그 이유를 알지요. 그렇지 않나요?
    사탄이 하나님에게 욥의 믿음이 얼마나 굳건한지
    시험해보자고 내기를 걸었기 때문이지요. 하나님이
    그 내기를 받아들였기 때문이지요.

신도 1   욥은 엄청난 고통 속에서도 하나님을 원망하지
    않았고 모든 고통을 견디어내서 이전 것보다 더
    많은 재산을 이루고 새로 아들딸들도 얻었지요.

엄마   그새 아들딸들이 이전에 죽은 아들딸들이던가요?
    죄 없이, 이유도 모르고 죽은 아들딸들하고
    똑같던가요? 재물은 이것을 저것으로 바꿀 수
    있죠. 쌀을 팔아 금을 사고, 이 집을 팔고 저 집을
    살 수 있겠죠. 그런데 사람도 그런가요? 자식도
    그런가요? 이 자식을 잊고 다른 자식을 안을 수
    있을까요?

아빠   성경의 말씀은 작은 이야기가 아니라 큰 뜻을 읽는
    것이에요. 하나님의 큰 뜻이 무엇인가……

엄마   그래 하나님의 큰 뜻이 무엇이죠? 당신 얘기는
    주님이 어떤 뜻이 있어서 우리 애들을
    희생시켰다고 말하는 사람들하고 다르지 않아요.
    하나님이 공연히 이렇게 침몰시킨 게 아니다.

나라가 침몰하려고 하니, 대한민국은 그래선 안
되니 어린 학생들을 침몰시키면서까지 국민들에게
기회를 준 것이다. 이것이 하나님의 큰 뜻인가요?

아빠 그건 총회장님의 뜻을 언론이 왜곡해 전한 거라지
않소.

신도 2 그래도 그분 그런 식으로 말씀하시는 건……

엄마 그리고, 욥이 하나님의 뜻에 인내하고 순종만
하던가요? 처음에는 그랬죠. 그렇지만 결국은
소리치고 울부짖으면서 항의하지 않았던가요.
자신의 출생조차 저주하면서 침묵하는 하나님을
찾지 않던가요?

아빠 욥이 소리치고 분노하면 할수록 하나님에 대한
믿음과 그 존재의 절대성은 더 크다는 것입니다.

엄마 우리는 욥이 아니잖아요. 욥만큼 강하지가
않잖아요.

아빠 그러니 기도해야 합니다. 기도하고 또 기도해야
합니다.

아빠와 엄마, 신도들이 기도하기 시작한다.

신도 2 ……그렇네요. 정말 전지전능하고 심판하시는
하나님이 존재했다면, 침몰하는 현장에서 어떤
모습으로든 당신을 보이시고서, 바다를 갈라 배를
건져냈을 거예요. 그러고는 이 참극의 배후에 있는
악인들을 남김없이 찾아내 죄를 물었을 거예요.
그것이 아니라면 지금까지 들려주신 그 기적들, 그
복음의 약속들은 다 무엇이었나요? 그렇게
놔두시는 건 하나님의 미필적 고의인가요?

아빠   ……성도님!

엄마   이제 우리 딸 생일 축하 기도를 해요.

엄마가 천을 걷는다. 상 위에 초콜릿, 초코파이, 콜라, 치킨, 캔 맥주, 담배가 올려 있다.

신도 1   사모님…!

아빠   이게 다 뭡니까? 교회에서 무슨……

엄마   다 그 애가 좋아하던 것들이에요.

누구는 화를 내고, 누구는 당황하고, 또 누구는 웃는다.

6장

누군가의 빈소.

영정 앞은 적막하고 유족들—젊은 여인과 어린아이 둘이
구석에 앉아 있다. 접객 공간 한구석 탁자에 몇 명 중년,
청년의 남자들이 둘러앉아 있다. 모두 만취해 있어 마치
유령들의 술자리 같다.

……왜 거길 가려고 했을까.

하던 일까지 제치고 왜 갔을까.

나는 산업 잠수사라 수중 설치 같은 거나 했지,
　　　물속에서 사람 찾는 일은 한 적이
　　　없었는데……

……관매도에 놀러 가려고 했지. 그런데 전화가
　　　왔어. 잠깐 오라고……거기서 거기니까 갔지.

사람이 없다고, 꺼내야 할 사람은 많은데 꺼낼
　　　사람이 없다고……

그땐 나라도 그걸 할 수 있다는 게 다행이라고
　　　생각했어.

요즘도 제가 수습, 찾아다니는 꿈을 꿔요. 그제는
　　　그 꿈이 참……

우리 할아버지도 잠수사였네. 그 시절에는
　　　머구리라고 불렀지.

저 애들 불쌍해서 어떡하나.

남학생을 등에 태우고, 그다음엔 이제 여학생을
　　　끌어안아요. 그리고 저기 굴러다니는……굴러

떠다니는……

고놈들, 뭐 다 아는 거 같네.

잡으려고 잡으려고. 이애, 이리 와, 이리 와아. 안
　　잡히고, 안 잡히고…그러다 깨는 거예요.

그 정도 꿈이면 그래도 얌전한 거야.

난 자다 보면 감압기에 든 채로 잠수해 있는 거야.
　　그러다 깨어나면 여기 여기, 뼛속이 저려와.

얘기 안 했는데……그게 너무 참혹…해서 안
　　했는데…아니, 나 안 할래. 안 할래……

선체 문이 이렇게 열리면서 한꺼번에 솟구쳐 나와,
　　네다섯 명이 한꺼번에. 그 장면이 계속
　　떠오르네. 계속……젠장……

어젠 술 먹다가 싸움을 했어. 옛날엔 머구리들이
　　그랬다면서요. 수영하다 물에 빠진 시체
　　찾아달라면, 찾아서 물속 어디 구석에 돌로
　　눌러놓고는 못 찾았다고, 하루 이틀 애 태우다
　　돈 더 얹어주면…그대로 주먹이 나가더라고.
　　술 먹지 말아야 하는데.

술 때문이 아니야. 그걸 분노조절장애라고 하는
　　거야.

그럼, 그런 개소리 하는 놈을 가만둬?

이거 봐, 이거 봐.

………

저 사진 저거 언제 거야. 웃지 마, 정들어!

정들어도 가고 없네요!

창이, 요만한 창이 있었어. 거기 걸려 있는 게……
　　나오지도 들어가지도 못했는가……깨진
　　창에…한쪽 팔하고 머리만 나왔어. 깨진

유리창에 걸려서……

그만해…그만해.

관매도……긴 해변에 금빛 모래가 깔려 있고……
　　　뒷바다 해변에는 꽁돌 무더기 가운데 이만한
　　　둥근 바위, 공룡 알이 서 있지……마을 앞 넓은
　　　들판 하얀 메밀꽃 바다. 그리고……
　　　하늘다리……지나서…깎아 세운……하늘벽
………

폭우 때문에 철수하기로 한 날. 그 밤에, 참
　　　희한하지. 하얀 새들이 거기 있는 거야, 바지선
　　　위에. 엄청나게 비가 쏟아지는데, 새들이 거기
　　　있었어. 요만한 새들이. 참 희한하지…

어디 가지도 않고, 내려앉지도 않고……

그랬지, 그랬어.

가지 말라고, 제발 여기 있어 달라고……아이들이
　　　잠깐 새로 환생해서 거기 그렇게……

그랬지, 그랬어.

………

톳을 갈아 버무려 바지락하고 해서 끓인
　　　톳칼국수……관매도 별미, 톳칼국수. 몹쓸
　　　사람. 우리 모두 견디고 사는데……

어디 젊은 놈이……

관매도. 진도 팽목항에서 배 타고 한 시간 반.

골괴사가 워낙 진행돼 있어 어쩔질 못했다네. 그
　　　와중에도 대리운전 하고…식구들 있으니까,
　　　생계는 이어야 하니까. 그러다 그만두고……

팽목항에서 항도 지나 관매도, 동거차도, 서거차도
　　　가는 배 타고……

그때…해경이 우리 이제 빠지라고 했을 때, 그래도
　　다 모셔 나오고 열한 구 남았는데 이제 와서
　　어떻게 나가냐구, 우린 안 끝났는데 왜 가야
　　하냐구…악악대면서……
나도 약으로 버티네. 한 번에 먹는 약이 몇
　　개냐……하나, 둘, 셋, 네엣, 다섯, 여섯……
　　일곱.
꽃집을 했다지. 누가 꽃을 산다고. 그 동네에서
　　누가 꽃을 사 간다고……
………
세상이……감압기 속 같아. 감압을 하는데, 이걸
　　빼내는데 왜 시간이 이리 긴 거야……
관매도 그 해변……검고 무거운 배 안, 하얀 발에서
　　벗겨진 운동화 한 짝, 느리게 배에서 빠져나와,
　　출렁출렁 바닷가 바위를 이제 찾아와……툭툭
　　건드리고 있었던가……

모두 침묵하거나 취해서 고개를 떨어뜨린다.

7장

스튜디오. 라디오 방송 스튜디오같이 작은 방. 마치 밤하늘에
떠 있는 듯, 어둡고 높은 공중에 위치해 있다. 검은 하늘에
머무는 작은 우주선 같기도 하고……
소년과 소녀가 마이크를 앞에 두고 앉아 있다.

　　사랑하는 아들
　　너무나 보고 싶은 내 새끼
　　너를 그렇게 보내고 나서, 그래도 매일매일 꿈속에서
　　나타나 얼굴을 보여주더니 요즘은 하루걸러, 이틀
　　걸러 보이네. 거기서 생각해보니 엄마가 섭섭하게
　　해준 게 있던 거야? 어젯밤 꿈에서도 가물가물
　　하길래 이렇게 와봤단다.
　　엄마가 비실비실해서 늘 걱정했던 내 새끼. 엄마가
　　몸이 약해 못 해준 게 많아. 미안해 아들.
　　엄마 약 열심히 먹고 있어. 광화문에 나가서 싸움도
　　열심히 하고 있고. 아들이 심청이 돼서 엄마 눈을
　　뜨게 해줬네. 세상을 보는 눈을……
　　어제는 청운동 주민센터 앞에서 의경 애들하고 밀고
　　밀리고 드잡이를 하다가 안경을 낚아챘는데, 얼굴을
　　보니까 아들만큼이나 어리더라구. 그래서 안경
　　돌려줬더니, 걔가 "미안해요…" 그러잖아.
　　세상이 많이 변했어. 교회도 변했고.
　　하지만 이대로 주저앉을 순 없잖아.
　　내 아들, 우리 새끼들이 어떻게 갔는지……

네가 그 마지막 순간을 어떻게 맞았는지……

소녀   어머니가 말씀을 맺지 못하시네요. 우리 아들,
             어머니 꿈에 열심히 찾아가 뵈어야겠어요.

소년   여기는 밤하늘의 스튜디오. 이제 우리는 멀리멀리
             떠나왔답니다. 점점 그곳에서, 여러분한테서
             멀어지고 있어요.

소녀   여기서는 거기 지구가 요만해 보이네요.

소년   그래도 참 아름다운 별이에요. 파란 빛이 구슬처럼
             반짝이는 저 별에 산도 있고, 강도 있고, 바다도
             있었단 말이죠.

소녀   아파트도 있었고, 우리 학교도 있었죠.

소년   우리 친구들도 있었고.

소녀   밤하늘의 스튜디오, 이렇게 이렇게 멀어지면서,
             그곳에서 보내는 빛과 소리, 지구에서 흩어지고
             퍼지는 말과 글을 공중에서 건져보고 있어요. 오늘
             밤은 친구들이 모여 잠든 하늘공원에서 보내오는
             사연들 골라 소개해드립니다.

             야, 똥개,
             나 왔다, 네 불알친구, 다슬이
             우리 초딩 때 만나서 존나게 싸웠지. 그리고는 곧
             화해하고 같이 뒹굴고.
             고딩 돼서는 같이 영화관 가고 피시방 가고, 공원에
             패싸움하러 가고……
             지원이 가운데 두고 또 존나게 싸웠는데 걘 결국 딴
             놈한테 가고……
             으이, 등신들! ㅋㅋ

나 사실 여기 처음인 거 알지?

그날 아침 겨우 고깃배에 올라 숨을 고르면서

뒤돌아봤는데 동그란 창 안에 네 얼굴이 있있어. 네

눈이 날 보는 것 같았어.

그게 늘 떠올랐어.

그 생각만 하면 숨이 막혀. 미안해서, 너한테 올 수가

없었다.

그때 나오면서 왜 네 생각은 못 했을까.

미안해, 친구야. 얼마나 무섭고 섭섭하고, 아프고

그랬냐.

미안해, 정말 미안해. 그렇지만⋯⋯이젠 그만

미안하고, 네 몫까지 잘 살게. 열심히 살게.

그리고 자주 올게.

미안해.

소년　　미안할 거 없어요, 친구. 어쩔 수 없었다는 거
　　　　알아요.

소녀　　그것만 해도 어려운 고백이었어요.

소년　　헤어지는 순간은 다 그래요. 친구끼리 헤어지는
　　　　것도, 이 세상하고 헤어지는 것도 그래요. 종류는
　　　　다르지만 무섭고 아프죠. 네, 엄청나게 무섭고
　　　　고통스러웠어요. 하지만 지나고 보니까 그 순간은
　　　　참 짧았어요.

소녀　　그나마 다행이죠, 그게. 다음 사연 볼까요?

베프, 나 왔어.

벌써 수능 101일이야. 내일부터 공부하려구.

너는 왜 요새 꿈에서도 안 보여주냐? 궁금해서 카톡

보냈는데 씹더라. 뒈진다, 너! 꿈에 나와라, 엉!
이 언니가 그동안 기타를 연마했단다. 작곡도 했쥐.
콘서트 갖기 전에 너한테 먼저 들려주려고.
기대하시라.

친구가 묘역에 앉아 기타를 치며 노래 부른다.

벚꽃 잎 팝콘처럼 바람에 터져
눈발처럼 바람에 흩날릴 때
4월은 내 친구를 데리고 검은 바다 너머로 갔네
이제는 다시 오지 않을 우리의 소녀시대
너는 가고 나는 남았네
인사도 없이 급히 이별을 했네, 긴 이별을 했네

하얀 이에 물방울 같던 웃음소리
파도소리 바람에 흩날릴 때
4월은 내 친구를 데리고 검은 바다 너머로 갔네
어느 날 그만 끝나버린 우리의 열일곱 살
너의 시간은 거기서 멈추고
내 기억도 거기서 멈추고, 세월만 가네

소년   가수만 바꾸면 정말 좋은 노래가 될 것 같습니다.
이번엔 오빠가 여동생에게 썼네요.

너무나 사랑하는 동생에게
네가 좋아하던 우리 막내 꽁꽁이가 집을 나갔어.
처음엔 곧 돌아오겠지 했는데 아니더라고. 사진
복사해서 전단 만들어 붙이고 뿌리고 했는데도

소식이 없어. 걔도 너를 기다리다 기다리다 찾으러
갔나?
착한 우리 동생 오빠가 평소에 맛있는 것 사주고
이쁜 것도 사주고 그랬어야 하는데.
착한 동생……네가 그 마지막 시간을 어떻게
보냈을까, 오빠는 아직도 먹먹해. 너무 착해서 소리
한번 지르지 못하고, 나오려다 혹시나 치이지나
않았을까, 미끄러져 다치지나 않았을까……
동생, 오빠는 군대 간다. 당분간은 오지 못할 거야.
세상은 참 알 수가 없다. 사람들 초반에는 다
힘내라고 위로해주고 그랬잖아. 지금은 지겹다고,
그만 좀 하라고 하는데 정말 왜 그러는지. 이제 1년도
안 됐는데 이해가 안 가.
오빠가 군대에서 제대하면 그때는 어떨까?
그래, 그때 가서 보겠어. 안녕 동생. 군대 가서도 매일
생각날 거야.

소년 사람들이 지겹다고 한다고? 뭐가, 누가 어쨌길래.
     슬퍼하는 게 죈가? 궁금하다고, 알고 싶다고 하는
     게 왜? 왜냐고 묻는 게 왜?
소녀 슬픔은 나누면 반이 된다고 했는데, 그렇게
     나누기엔 너무 큰가요. 우리 엄마들 편지 좀 더
     봐요.
소년 짧은 글들로 모아봤어요.

     아들, 하루하루가 가고 시간이 지날수록 우리 아들
     너무나 보고 싶다.
     만지고 싶고 안아보고 싶어서 미칠 것만 같아.

우리 아들 거기서 친구들하고 선생님하고 잘 지내고
있는 거지?

내 목숨보다 소중했던 딸
지켜주지 못해서 미안해…미안해…
엄마는 우리 딸이 늘 옆에 같이 있다고 생각해.
그렇게 느끼면서 살아.
멀지 않은 시간에 진짜 다시 만나자.

보고 싶은 우리 아들
용기 있게 남아 있는 세월 살아가자고 늘 다짐을 해도
엄마는 또 사람들한테 상처 받고, 아프고……
그러다가 너를 생각하면서 다시 힘을 낸단다.

학교 가는 학생들, 공원에서 농구하는 아이들,
편의점에서 알바 하는 청년들 보면 눈물이 나네,
아들이 보고 싶어서.

요즘도 네 이름이 입술에서 굴러다닌다
세상에 단 하나였던 내 딸
엄마의 전부였던 내 사랑
그립다, 그립다

아들아, 따스한 햇살이 겨울을 밀어내던 날 친구들이
졸업을 했단다.
엄마는 학교에 가지 않았지만, 저녁에 친구들이
집으로 찾아와 꽃다발을 주었어.
너도 그곳에서 기뻐했을 거라고 믿는다.

친구들 앞에서 웃으려고 했는데, 눈물을 안 보이려고
했는데……

소녀   엄마……

소년   엄마……

소녀   우리 이제 다른 것 읽을까요?

안녕
아직도 너의 눈, 웃는 입술, 너의 어깨가 여기
눈앞에서 지워지질 않아.
아직도 너의 땀 냄새가 코앞에서 사라지질 않아.
코 먹은 낮은 목소리가 귓가를 간지럽혀.
너의 따뜻하고 두툼한 손, 내가 머리 아프다고 하면
만져주고 손 시리다고 하면 포옥 감싸주고도 남던
손……
그런 너를 어떻게 그 찬 곳에 보내고, 어떻게 그
뜨거운 데에 넣을 수가 있었을까.
너 없인 못 산다고, 사랑한다고, 그렇게 말했는데……
너 없이 나는 오늘도 여기 이렇게 있네.

소년   어린 연인들이었네요.

소녀   안타깝고 가여워요.

소년   그런데, 우리가 누군지 궁금해하는 분들이
없을까요?

소녀   누구긴 누구예요. 그날 다 같이 떠난 친구들 중
남학생, 여학생이죠.

소년   아니, 우리가 어떤 사이인지……

소녀   아하……우린 끈으로 묶인 사이죠.

소년   어느 날 잠수사 아저씨가 배 안에서 구명조끼 끈이
                서로 묶인 남녀 학생을 발견했었죠? 우린 배
                안에서 처음 만났어요. 전날 밤 3층 매점 앞 홀에서
                잠깐 마주쳤지요.

소녀   제가 2학년 올라오고 전학을 왔거든요. 나는
                그쪽을 학교에서 한번 본 기억이 있어요.

소년   그날 아침, 배가 기울면서 이리 미끄러지고 저리
                밀리면서 모로 누운 계단 끝에 내동댕이쳐졌지요.
                결국엔 우리 둘만 거기에……친구들은 다
                흩어지고, 저 아래로 떨어지기도 하고……

소녀   저는 무릎이 망가졌는지 더 움직일 수도
                없었습니다. 저 밑에서 쏴아 쏴아 하는 소리가
                올라오기 시작했어요. 물이 차오르기 시작하는
                것이었습니다.

소년   이 세상에서 처음 듣는 소리. 공포스럽다는 말로는
                표현할 수 없는 소리가 서서히 다가왔어요.

소녀   우리 둘의 눈이 서로를 붙잡았어요. 애도 떨고
                있구나. 불쌍했어요.

소년   얘도 떨고 있구나. 가여웠죠.

소녀   우린 무작정 서로를 끌어안았어요. 누가 먼저랄
                것도 없이, 말 그대로 갈비뼈가 으스러지도록……

소년   곧 바닥을 치고 거품을 튀며 물이 차오르기
                시작했어요.

소녀   우린 포옹을 풀고 구명조끼의 아래 끈을 풀었어요,
                둘이 같이. 그리고 그걸 묶기 시작했죠.

소년   다 묶기도 전에 차가운 물이 발목을 치기
                시작했어요.

어디선가 진동음이 울린다. 소년이 주머니에서 핸드폰을
꺼내 버튼을 누르고 귀에 댄다.

아빠   아들, 내다.

소년   예, 아빠. 웬일이세요?

아빠   내 기가 막혀서, 오죽하면 너한테 전화를 하노.

소년   또 무슨 일이신데요.

아빠   전에는 어머니 아버지 들 단식하는데 웬 놈들이
떼로 와서 뭐 피자니 치킨이니 먹어 쌓더니 오늘은
아예 버너를 갖고 와 삼겹살을 굽는 거야. 니 내
성질 알잖아.

소년   참으셔야죠.

아빠   참았지, 참았지. 그래 내 좋은 말로 했지. 여기는
공공장소라 불 피우고 고기 굽고 그라면 안 됩니더.
좋게 말로 했지. 그랬더니 이놈아들이 하는
말이……

소년   아빠 아빠, 죄송, 지금 방송 중이라서요……

소년은 핸드폰을 내리고, 아빠는 계속 말을 이어간다.

소녀   그거 돼요?

소년   당연히 안 되죠. 물에 빠진 게 어떻게 통화가
되겠어요. 가끔 아빠가 너무 말씀을 하고 싶으면
전화를 하세요. 아빠도 통화 안 되는 거 아시죠.
마음으로 전화 거시는 거 알고, 마음으로 듣겠거니
하시고……

소녀   그렇군요. 오늘의 방송 마지막 손님들입니다!

한 무리의 소년 소녀 들이 나타난다.

> 형들, 누나들
> 오빠들, 언니들
> 이제 우리가 그 나이예요.
> 그해는 작년이 되고, 내일이 오늘 되었네요.
> 우리 동아리 형들, 누나들 보내고 허전한 마음
> 메우느라 연습 많이 했어요. 기대하세요.

소녀 소년 들이 아카펠라로 노래 부른다.

> Yesterday all my troubles seemed so far away.
> Now it looks as though they're here to stay.
> Oh, I believe in yesterday.
>
> Suddenly I'm not half the man I used to be.
> There's a shadow hanging over me.
> Oh, yesterday came suddenly.
>
> Why she had to go, I don't know, she wouldn't
> say.
> I said something wrong, now I long for
> yesterday.
>
> Yesterday love was such an easy game to
> play.
> Now I need a place to hide away.
> Oh, I believe in Yesterday.

Why she had to go, I don't know, she wouldn't say.

I said something wrong, now I long for yesterday.

Yesterday love was such an easy game to play.

Now I need a place to hide away.

Oh, I believe in yesterday.

점점 어두워지면서 스튜디오 불빛도 꺼지고……

8장

병원 입원실.

침대 위에 병색이 짙은 목사가 누워 있고, 그 옆에 문병을 온 엄마가 앉아 있다.

엄마　……오랜만에 서울에 와봅니다. 목사님이 병원을 옮기신 덕분이에요. 이런, 또 사람의 말을 비껴갔네요. 목사님 병환이 더 깊어진 덕이란 뜻이 되잖아요. 모질게 지내다 보니 나이랑 격이 거꾸로 가요. 힘드시죠?……여긴 볕이 잘 드네요. 전에 광화문이다 청운동이다, 얼음 블록 위에서, 볕에 달군 콘크리트 위에서, 그 겨울 그 여름을 어떻게 보냈는지. 여름 한철에는 볕이 지긋지긋하더라고요. 그런데 피할 그늘은 없지…… 두려우신가요?

목사　………

엄마　배가 올라왔어요. 전 그걸 꺼내 올리려면 또 얼마나 지켜봐야 할까 했는데, 몇 달 걸리는 건 줄 알았는데, 그렇게 금방 건져 올릴 걸……. 저도 몸이 아팠어요. 마음의 문제로 생각했죠, 당연히. 몸은 아직도 탱탱하고 먹이도 잘 먹고, 잘 싸고…… 마음이 아프니까 마음의, 정신의 문제다. 그런데 진짜로 몸이 아프네요. 여기가 가렵고 저기가 가렵더니 약을 먹어도 약을 발라도 안 나아요. 의사는 애매한 소리나 하고……이제 나도

사금파리나 기와 조각으로 가죽을 긁고 재를
문지를까, 했죠.

목사   ………

엄마   그러던 중에 배를 보러 내려갔지요. 커다란 흉물이
모로 누워 있더라구요. 찢기고 구멍 뚫리고 녹이 슨
쇳덩이가 무슨 커다란 짐승 같았어요. 우리 새끼
잡아먹은 그 짐승이 밉고 불쌍해서……울었어요.
엉엉 울면서 몸을 긁는데, 옷을 막 헤집으면서
반나절을 긁었는데, 울음이 그치면서 보니 제가
맨살을 긁고 있잖아요. 멀쩡한 살을 긁고 있는
거예요. 피가 비치고 맺히도록…….

목사   ………

엄마   저희가 광화문에 나가고 청운동에 나갈 때
정치하는 게 제일 큰 고난이라고 하셨죠.
이웃에게는 거리낌으로 가고 남에게는
어리석음으로 보인다고. 그런 고난은 예수님께서나
감당하실 수 있는 것이라고 하셨죠. 그래도 엄마가
아니면 누가 나가나요. 어머니 마리아가 아니면
누가 골고다 언덕 위 처형장에 따라갔겠어요.
예수께서 어부 시몬을 베드로라 칭하시면서 “네가
나를 앞으로 증거해 나가라” 하셨지만 베드로는
죽으러 가는 그의 주를 세 번이나 부인했습니다. 다
성경에 있고, 목사님께서 해주신 이야기예요. 그가
이후 예수의 첫째 사도가 된 것은 그들끼리의
작위가 아니었을까요.

목사   ……으흐……

엄마   그리고 예수께서 십자가에 죽으시어 내려올 때
누가 그걸 지켜보고 있었던가요. 어머니 마리아와

더럽다 비난받던 마리아, 처녀로 잉태하신
마리아와 귀신에 씌어 거리낌 받던 마리아……그
두 여인이 예수의 부활을 맞이하였습니다. 그분의
제자들 중에는 누가 부활을 보았습니까. 누가
예수님의 부활을 증거하며 도망간 제자들을 불러
세웠지요? 그런데도 어떤 제자는 못 미더워 예수님
상처 구멍에 손가락을 넣어봤다지요.

목사	………
엄마	저 다시 교회로 돌아왔어요. 배가 올라오고 싸움의

장벽 너머에서 비웃고 있던 자들이 감옥에 가도
아이는 다시 오지 않으니……제가 교회 아니면
어디로 돌아오겠어요. 우리 애가 부활하더라도
그것이 그 모습으로 돌아오는 건 아니라고 하셨죠.
저는 못 받아들였습니다. 그런 모호한 말씀
마시라고. 그 애가 돌아오지 못하면 내가 가서 볼
수밖에 없다고. 천국이든 지옥이든 가서
만나겠다고. 그런데 냉정하게도 그 의미마저
승인하지 않으셨죠. 하나님은 죽은 자들의
하나님이 아니라 산 자의 하나님이라고. 그러니 이
땅에서 부활을 경험하라고. 전, 이번엔, 이번만큼은
죽은 자의 하나님, 죽은 이를 살리는
하나님이었으면 했지요.

목사	………
엄마	그것은, 그 부활은 어떤 뜻이거나 영이거나 아니면

어떤 바람, 이 땅의 어떤 변화로 온다고
하셨습니다. 좋아요. 이젠 그렇더라도 그런 것들이
바로 그 애들이 돌아온 징표라는 걸 알 수 있다면
좋겠네요. 나뭇잎이 흔들리면서 소식을 알 듯,

물결이 밀려오면서 어떤 목소리를 듣듯이……이제
막막하던 장벽이 허물어지니까, 아직 오지 않은
봄이지만 기다림을 가져봅니다. 모든 것을 잃고 두
남은 찌꺼기, 껍데기, 그것마저 잃고도, 그래도
남은 기다림으로…….

목사   ……어흐……

엄마   ……두려우시죠, 목사님. 예수님도 다가오는
죽음을 예감하면서 "그 고통이 두렵습니다,
아버지" 하셨다잖아요. 아픔도 두려움도 온전히
당신 것으로 하세요. 뜻을 몸의 죽음에 두지 말라,
진정 뜻은 그 너머에 있다, 그렇게 말씀하셨잖아요.
제 아이가 겪은 두려움이고 고통이라면 전 언제든,
먼 훗날이 되더라도 그것을 온전히 제 것으로 할
겁니다……정말이에요.

목사   ………

문득 이상한 느낌에 목사를 주시하는 엄마.

엄마   목사님?……목사님, 목사님! 목사님!

목사   ……후우!……

엄마   ……하나님 아버지!

병실 창으로 붉은 놀이 배어든다.

9장

공원. 배우들이 야외공연을 하고 있다. 한 배우가 <심청가>를 부른다.

……북을 두리둥, 두리둥 둥 둥. 헌현씨 배를 무어,
이제(以濟) 불통(不通)한 연후에 후생(後生)이 본을
받아, 다 각기 위업(爲業)하니, 막대한 공이 아니냐.
하우씨(夏禹氏) 구년지수(九年之水), 배를 타고
다스릴제, 오복(五服)에 정(定)한 음식(飮食).
구주(九州)로 돌아들고. 오자서(伍子胥) 분노할제,
노가로 건너주고, 해성(垓城)에 패(敗)한 장수(將帥),
오강(烏江)으로 돌아들어, 의선대지(依船待之)
건너주고. 공명(孔明)의 탈조화(奪造化)는,
동남풍(東南風) 빌어내어, 조조(曹操)의
백만대병(百萬大兵), 주유(周瑜)로 화공(火攻)하니,
배 아니면 어이하리. 그저 북을 두리둥 둥 둥.
주요요이(舟遙遙而) 경양하니 도연명(陶淵明)의
귀거래(歸去來). 해활(海闊)하니, 고범지는 장한의,
강동거(江東去)요. 임술지(壬戌之) 추칠월(秋七月)에,
소동파(蘇東坡) 놀아 있고. 지국총 총, 어사와하니,
고예승류 무정거(無定去)는, 어부(漁夫) 즐거움이요.
개도나니 화장포는, 오희월녀(吳姬越女)
채련주(採蓮舟)요. 타고 발선하고 보니,
상고선(商賈船)이 이 아니냐. 그저 북을 두리둥 둥 둥.
우리 선인(船人) 스물네 명, 상고(商賈)로

위업(爲業)하야, 경세우경년(經歲又經年)
표박서남(漂泊西南)을 다니다가, 오늘날
인당수(印塘水)에, 인제수(人祭需)를 드리오니,
동해신(東海神) 아명(阿明)이며, 서해신(西海神)
거승(巨勝)이며, 남해신(南海神) 축융(祝融)이며,
북해신(北海神) 우강(禹彊)이며,
강한지장(江漢之將)과 천택지군(川澤之君)이,
하감(下鑑)하야 주옵소서. 그저 북을 두리둥둥 둥 둥
둥. 비렴(飛廉)으로 바람 주고, 해역(海域)으로
인도하여, 환난(患難) 없이 도우시고,
백천만금(百千萬金) 퇴를 내어, 돛대 위의 봉기(鳳旗)
꽂고, 봉기 위의 연화(蓮花) 받게, 점지하여 주옵소서.
고사를 다 지낸 후, 심낭자 물에 들라. 성화같이
재촉하니, 심청이 죽으란, 말을 듣더니마는 여보시오
선인(船人)님네. 도화동(桃花洞) 쪽이 어디쯤이나
있소. 도사공이 나서더니, 손을 들어서 가르치는데,
도화동(桃花洞)이 저기 운애(雲靄)만 자욱한 데가
도화동(桃花洞)이요. 심청이 이 말을 듣고,
정화수(井華水) 떠받쳐놓고, 분향사배(焚香四拜)
우는 말이, 아이고 아버지, 이제는 하릴없이
죽사오니, 아버지는 어서 눈을 떠,
대명천지(大明天地) 다시 보고, 칠십생남(七十生男)
하옵소서. 여보시오 선인(船人)님네,
억십만금(億十萬金) 퇴를 내어, 본국(本國)으로
가시거든, 우리 부친(父親)을 위로(慰勞)하여
주옵소서. 글랑은 염려(念慮) 말고, 어서 급(急)히
물에 들라.

배우 1   여기까지. 다음 장면은 중앙시장 앞에서
        이어지겠습니다. 뒷소리가 궁금하신 분들은 저희
        순례단을 따라 행진에 동참하시기 바랍니다.

배우들이 다음 장소로 이동을 준비하는 사이 공원에서
공연을 지켜보던 한 청년이 관중 속에 있는 배우 한 명을
부른다.

배우 2   야, 고 영감, 오랜만이다. 나야 나.
배우 3   어……완득이. 너……?
배우 2   응, 제대한 지 한 달 됐어. 넌 여기 뜨지 않았니?
        대학은 갔고?
배우 3   그래, 대학은 연극과 갔어. 학교 다니다 알바
        하려고 휴학했는데, 매년 이때 우리 도시 순례공연
        하는 극단이 있더라고. 갑자기 내 발로 떠난 여기가
        눈에 밟히더라.
배우 2   난 의경 갔어. 서울로 배치돼서 좋다고 했는데,
        저번 겨울은 죽어났지. 촛불 때문에. 사실은 몸은
        죽어나고 마음은……아주 좋았어. 눈앞에
        일렁이면서 떠가는 촛불이, 촛불이 강물 같았어.
        정말 거기 타 죽고 싶더라고. 선배들이 그러는데,
        역대 촛불 경비 중에 제일 편했대. 사고 없고 싸움
        없고, 사람은 제일 많았고.

공원 한쪽에서 젊은 여자가 다가온다.

배우 4   그래, 촛불이 그 겨울을 덮고 나서 배가 올라왔지.
배우 2   날라리, 언제 왔어?

배우 4 우리 친구들 하늘로 싣고 갔던 배. 죄 많고
　　　　미련하게 큰 배가 "죄송합니다" 소리도 없이
　　　　옆으로 누워서⋯⋯. 날라리라니, 나 선생님 돼.
　　　　춘천에서 교대 다녀.

배우 2 나 제대하면서 한번 볼 수 있을까 해서 문자
　　　　돌렸어. 우리 담배 피고 놀던 이 공원에서 한번
　　　　보자고.

배우 4 난 담배 안 폈거든⋯⋯딱 한 번이었거든.

배우 2 답문이 하나도 없어서 오면 보고 아니면 말고⋯
　　　　그러면서 왔는데⋯⋯

배우 3 난 오늘 여기가 공연 코스라는 거 알아서 답문 안
　　　　보냈지.

배우 4 이거 우연 같지만 우연이 아닌걸.

젊은 여자가 또 한 명 다가온다.

배우 5 얘들아, 나야. 정말 다 와 있네.

배우 2 자두까지 왔네.

배우 3 정말 다 왔어. 기적 같다.

배우 4 아프다고 들었는데⋯⋯

배우 5 응, 그만 아프기로 했어. 이제 입시 준비해.

배우 3 자두는 공부 잘했으니까⋯⋯

배우 2 우리 모였으니까 선생님한테 인사드리고, 친구들
　　　　있는 하늘공원, 효원공원, 서호공원 죽 가볼까?

배우들 그래. 그럴까. 그러자.

젊은이들이 앞을 향해 나란히 선다.

배우 2	그해 2학년 3반에서는 네 명만 살아 돌아왔습니다.
배우 3	선생님하고 스물여섯 명의 친구들이 돌아오지 못했습니다.
배우 4	살아남은 네 명도 이 도시를 떠났습니다. 두 명은 다른 곳으로 이사 갔고, 한 명은 군대 가고, 한 명은 오랫동안 누워 있었습니다.
배우 5	떠난 사람들은 더러는 이곳을 잊어버리려 했지만, 때로는 여러 마음으로 돌이켜보곤 했지요.
배우 2	이제 네 명이 모두 모였습니다.
배우 4	이 땅에, 이 도시에 돌아왔습니다.

긴 침묵.

배우 3	이렇게 모였으면 좋겠습니다.
배우 5	돌아온 것은 아니더라도 이렇게 찾아와서 모였으면 좋겠습니다.
배우들	정말 그랬으면 좋겠습니다.

배우 1이 이들 사이에 끼어든다.

배우 1	그래서 모두 함께, 우리의 순례공연을 지켜봤으면 좋겠습니다.

<심청가>가 다시 이어진다.

> 심청이 거동 봐라. 샛별 같은 눈을 감고, 치맛자락
> 무릅쓰고, 이리 비틀 저리 비틀, 뱃전으로 우루루,
> 만경창파(萬頃蒼波) 갈매기 격(格)으로 떴다 물에가

풍, 빠져 노니, 향화(香火)는 풍랑(風浪)을 쫓고,
명월(明月)은 해문(海門)에 잠겼도다. 영좌(領坐)도
울고, 사공(沙工)도 울고, 접근 화장이 모두 운다.
장사도 좋거니와, 우리가 년년(年年)이, 사람을 사다,
이 물에다 넣고 가니. 우리 후사(後事)가 잘되겠느냐.
영좌(領坐)도 울고, 집좌도 울음을 울며, 명년부텀은
이 장사를 그만두자. 닻 감어라. 어기야 어야. 어야.
어기야 어야야, 우후청강(雨後淸江) 좋은 흥(興)을,
묻노라. 저 백구(白鷗)야, 홍요월색(紅蓼月色)이
어늬곳고. 일강세우(一江細雨)에, 노평생(鷺平生)에,
너는 어이 한가하더냐. 범피창파(泛彼蒼波) 높이
떠서, 도용 도용 떠나간다.

10장

새벽. 어딘가로 가는 길, 또는 그 도중의 어떤 곳.
젊은 여자가 어딘가로 가고 있다. 또 다른 젊은 여자,
어딘가에서 오고 있다. 둘은 잠시 자리에 머물거나, 서로를
중심으로 삼아 천천히 원을 그리듯 걷는다.

　　……삭 삭 사각사각……그게 무슨 영화였더라……
　　새벽에 귀부인이 저택 뒷문을 소리 없이 열고 긴
　　치맛자락을 끌며 누군가를 만나러 갈 때, 깔리던
　　안개. 그 하얀 안개 밑으로 이런 발소리가 났지. 삭
　　삭 사각사각……. 밤새 안개가 깔리면 새벽녘, 빛이
　　동쪽 저기 너머에 아직 머물러 있을 즈음 나는 눈을
　　떠. 안개의 입자가 창틈으로 문틈으로 들어와서
　　나를 가만히 깨우는 거야. 일어나. 눈을 떠봐. 나는
　　스르르 몸을 일으키고는 가만히 문을 열고 나와. 먼
　　길을 떠나기 전에 들러봤다는 듯이, 마당에 안개가
　　서성이고 있지. 그리 혼자 갈 건 없다고, 나는
　　안개가 깔린 땅바닥을 천천히 밟기 시작하지…….
　　이건, 내 입술에 닿는 물의 입자. 이 입자의 사슬,
　　물의 긴 끈을 따라가다 보면 거기 네가 있을까.
　　물속에 숨어 있는 너를 볼까. 너도 혹시…나를 듣고
　　있는 건 아닐까.

　　나도 그래. 물의 숨결을 통해 너를 들어.
　　온전히 물에 녹아, 그 입자들의 하나가 되어

여기까지 올 수 있지는 않을까. 그렇게 나한테로
거슬러 올 수 있지 않을까.

몰랐구나. 내가 너를 끌었어. 물의 끈을 잡고
내게로 와보라고, 너를 당기고 나 스스로를 당겨서
너한테 오곤 했지. 그렇지만 늘 어긋나지, 너는
나를 보지 못하고, 붙잡지 못하고……삶과 죽음에
사이가 있으니까.

네가 나한테 거슬러 온다면야 왜 못 만날까. 나는
어떤 경계를 생각해. 이를테면 너의 마지막 선택,
이쪽과 저쪽, 그런 경계.

왜 또 그 얘길……

그때 거기서, 마지막으로 이번까지만, 그렇지만 한
번 더, 하면서 거슬러 내려가기 전, 둥근 창밖
하늘을 올려다봤겠지. 아직 채 푸르게 밝지는
않았던 하늘……그 순간 저 밑에서 누군가
"선생님" 하고 불렀을까. 저 밑에서 잿빛 거품을
앞세우고 바닷물이 밀려올 때, 그 순간을 자꾸
상상해. 넌 네가 건지려던 학생들하고 함께……

막 울었어, 애들하고 똑같이.

어떤 선생님보다도 어른 노릇을 했던 어린 너.
아이들의 공포를 어떻게 덜어줄까 생각했을까.
그럴 틈이나 있었을까. 살면 함께 죽지 못한 걸

괴로워하고, 죽어서는 살길을 버린 것이 너무너무
애달프겠지. 그런데 난 왜 자꾸 그 순간을
상상할까.

바보. 네 모습이, 네 삶이 얼마나 아름답게
빛나는데. 그걸 버려두고 그런 생각만 하고
있니……

이건 몽유야. 그렇지. 어느 순간 깨어나면 나는
그냥 걷는 중이야. 걷다가 잠시 앉아 있던
중이거나. 때로는 맨땅에 누워 있기도 하거나……
그냥 가는 중……막연히 남쪽으로……저쪽 멀리,
남쪽 바다를 향해……

바보. 그래 봐야 얼마나 왔을 것 같니.

남자를 만났어. 같이 밥 먹고 같이 술 마시고,
입술을 붙이고 숨결을 나눠도, 삶이 참 시시해. 더
이상 어떤 의미도 나에게 오지 않아. 네가 말해봐.
말해보라고. 이렇게 너를 찾아가지만 늘 닿지
못하지.

내가 너를 끌어당겼다잖아.

너의 소리는 못 듣지만 네 숨결을 느끼는 듯도 해.
아주 가늘게, 있지 않은 어떤 것을 만지는
것처럼……

이 물과 물방울과 물의 입자와 물안개, 사이사이를
통해……

그러다가 어느 때는, 한 결 한 결 흡입하는 그
모습……

네 발소리를 들으며……

잠깐 언뜻, 너를 보았던 걸 모르지?

떠날 때를 얼마나 미뤘던지.

너는 모르지.

그렇지만 이 새벽이 마지막이야. 나는 떠나. 흩어져,
너를 기억하는 이 마음이. 지금까지 네가 나를
찾아오는 것이 아니라 내가 너를 찾은 거지.

사실 이걸 나도 이 새벽에 처음 알게 됐어.

혹시 새벽 어스름 남쪽 하늘에 가물가물 명멸하는
별이 하나쯤 보이거든 그게 내 눈이 너를 향해
깜박이는 것이고 내 마지막 손짓이라고, 그렇게
여겨줘.

갑자기 보게 되는 새벽 별처럼……

11장

어느 먼 행성에 불시착한 스튜디오. 희미한 전파음이
끊어졌다 이어지길 반복한다. 아울러 여러 언어의 말소리,
웃음소리, 여러 이미지와 문자, 기호, 영상 들이 명멸하거나
교차되고 흐른다.
소년과 소녀가 스튜디오에서 방송을 하고 있다.

소년   안녕, 지구에 계신 여러분!

소녀   엄마, 아빠, 언니, 동생, 그리고 친구들, 안녕!

소년   우리는 지금 명왕성에 와 있어요. 저 멀리 끝도
          없는 우주 끝으로 떠나는 도중에 잠시 여기
          내려보았답니다.

소녀   이 별은 태양계의 맨 끝 별, 1930년 발견된 이래
          명왕성(冥王星)이라고 불렀는데요, 2006년에
          분류법이 바뀌면서 행성의 지위를 잃고 난쟁이별이
          되었지요. 이제 공식 명칭은 '134340플루토'
          입니다.

소년   명왕성의 반경은 달의 3분의 2밖에 안 되고 전체
          면적은 미국이나 중국만 하다고 생각하시면
          됩니다. 지구에서의 거리는 59억 킬로미터.
          명왕성의 1년은 지구에서 248년이랍니다. 또
          여기는 굉장히 추워요. 표면 온도가 섭씨 영하 230
          도.

소녀   명왕성은 카론이라는 위성을 갖고 있어요.
          명왕성과 카론은 서로를 중심에 두고 그 둘레를

돕니다. 명왕성은 카론 주위를 공전하고 카론은
명왕성 주위를 공전하지요. 둘은 이렇게 단단히
결속돼 있어서 다리나 케이블카를 놓아도 될
정도랍니다.

소년	여기, 공중으로 모든 게 지나가요. 흘러가고, 날아가고, 우리의 이 깡통 스튜디오보다 빨리, 또는 천천히……또는 함께……
소녀	지구에서 방출돼 우주로 멀어지는 말들, 모습들, 전파, 사진, 문자, 카톡, 동영상……
소년	어느 콘서트홀의 피아노 소리, 박수 소리, 낮게 킬킬거리는 소리, 수줍은 고백, 아침 드라마의 대사들, SNL, 개그콘서트의 노랫소리, 웃음소리……
소녀	멀어지며 흩어지고 희미해지다가 지워지는 그 소리와 형상과 빛과 뜻……
소년	그리고 엄마, 아빠……의 마음이 보내는 편지……
소녀	해가 바뀌고 바뀌고 또 바뀌어도 보내오는 편지들……
소년	하나 볼까요?

우리 딸, 오늘도 아빠는 술을 마신다. 지방간에 계속
술 마시면 간경화, 간암은 필수라는데, 아빠의 간은
아직도 버티고 있단다. 대신 위가 망가지고 있는가
보다.
너 어려서 엄마 잃고 우리 둘이 서로 의지하면서
살아왔었는데, 너를 잃고 사 년 하루하루 사는게…
…이 세월이 왜 이렇게 무겁니. 버리고 싶은데,
놓아버리고 싶은데……그나마 시간을 잊게 해주는 게

술인데, 먹으면 정신을 잃어 남한테 못 보여줄 모습만
보여주고, 깨어나면 칼을 물고 유리 조각을 먹은 듯이
속이 아프고 가슴이 찢어지는구나.
그동안 많이 위로해주고 돌봐주셨는데 실비집 아줌마,
편의점 아저씨 아직도 나를 참아주신다. 내가 그제 한
네 얘기를 까먹고 어제 하고, 어제 한 얘기 또 까먹고
오늘 해도 저런, 저런, 하시며 다 들어주신단다.
내 발로 알코올중독자 학교도 가보고 정신병원에
입원도 해봤지만 제정신을 차리면 그땐 또 어떻게
견디나 싶어 도망 나온다.
내 딸, 어쨌거나 네가 있는 그곳으로 갈 날이 조금씩
조금씩 가까워지고 있는 거지. 이렇게 내가 여기를 못
견디고 부대끼면서, 그래도 시간은 겨우겨우 가는가
보다. 이 마음에는 시간이 굳어 있는 듯, 젖어 늘어진
듯하지만 달력을 보면 숫자는 그래도 바뀌니……

소녀   아빠, 이제 술을 못 버티시네요. 아무리 마셔도
        취하지 않으시고 기분 좋게 웃고, 노래나
        흥얼거리시고 그 정도였는데……

소년   속이 아프시면 안 되죠. 하루걸러 드시면 안
        되나요?

소녀   전에는 이틀 걸러 드셨는데……다른 건 잊으면서
        제 기억만 남기시네요. 다른 기억은 놔두고 저만
        잊으시면 안 될까요?

        보고 싶은 내 딸아! 네가 엄마 곁을 떠난 지 벌써
        4년이 다 되어가는구나. 보고 싶다는 말밖에 할 수가
        없어서 엄마는 울보가 되고 바보가 돼버렸구나. 너를

지켜주지 못한 나쁜 엄마가 돼버려서 미안하고,
아프고⋯⋯
이제 엄마는 너를 하느님 곁으로 보내주려 해. 네가
주님의 품 안에서 평화롭게 지내는 것이 이 못난
엄마의 작은 가슴에서 잠들지 못하고 뒤척거리는
것보다는 훨씬 낫겠지. 성모 마리아를 엄마 삼아
넉넉한 품에서 편히 잠드는 게 좋을 거야. 이제
엄마는 동생 돌보고 건강을 돌보면서 살도록 할게.
그리고 가끔, 가끔 너를 찾을게.
너처럼 예쁘고 사랑스런 공주가 내 딸이었던 그
시간이 감사하고 감사하단다. 안녕, 사랑하는 내 딸.

소녀   그래요, 엄마. 이젠 저를 가끔만 생각하세요. 제가
하느님 곁에 있을지 그보다도 더 자유로운 곳으로
갈지 모르겠지만 이제 엄마는 지금, 그곳을 보고,
아빠하고 우리 동생 생각하세요.

소년   믿음이 엄마를 편안하게 한다면 믿으셔야죠. 잊는
것이 편안하게 한다면 잊으시고⋯⋯

소녀   그게 어느 것도 잘 안 되니까⋯⋯

친구야, 아직도 나는 둥근 창 안에서 헬기 구조
바구니에 오르는 나를 보던 너의 눈을 지울 수가
없다. 이 팔목에 난 칼자국은 벌써 세 줄, 담배빵은
수도 없고, 약도 수없이 삼켰고, 집에 있는 날보다
입원해 있는 날이 더 많았단다. 그런 나날로 4년이
지났다. 그래도 나 뒤늦게 공부 시작했어. 입시
준비하고 있다. 이번에 말고 내년 말쯤 목표로⋯⋯
내가 그래도 중학교 때는 우등생이었으니까 머리는

있는 거 아니겠니. 그런데, 그런데……아직도 네 눈이 사라지지 않아. 문득문득 떠올라……내 손에서 미끄러지던 네 손목…창 속의 네 눈…차라리 내 눈을 찌르고 싶도록……

소년 친구야, 그 눈, 네가 보았던 내 눈은 이제 없어. 내 눈은 이미 물에 녹고 물고기에 쪼이고 진흙에 섞여 이제 거기 없어. 어디에도 없어. 네 마음속에도 없어. 없는 거야. 그러니 눈 찌를 생각 하지 말고 다시 들여다봐. 거기, 네 마음에 무엇이 있는지.

소녀 우리 몸이 흩어졌듯이 우리 마음도 흩어지는 거라니까요.

우리 막내아들, 누나가 시집을 간대요. 형은 대학 졸업하고 취직해서 출근을 앞두고 있어. 그래서 우리 네 식구 가족 여행을 가려고 한다. 네가 없는 가족 여행을……작년엔 네 사진 들고 엄마하고 전국을 여행했지. 우리 아들한테 우리 땅, 산과 절, 많은 것들 보여주려고 이곳저곳 다녔단다. 이번에는 중국으로 갈까, 베트남으로 갈까 고민 중이야. 맘 같으면 우리 아들한테 세계 여러 나라 보여주고 싶지만 우리 집 사정이 그렇지 못하잖니. 너의 그 긴 수학여행이 끝나고 나면, 그게 언제일지라도, 우리 가족 어디서든 무엇이 돼서든 만나 가족 여행 가자꾸나. 멀더라도 그날까지 너는 그곳에서 우리는 이곳에서 잘 살자. 안녕, 사랑하는 아들. 여행 갔다 와서 또 얘기하자꾸나.

소년	아빠, 이제 저는 자유로워요. 어디든 갈 수 있어요. 그곳, 우리 집에도 갈 수 있고, 여행하시는 아빠, 엄마도 따라갈 수 있죠. 우리는 어디든 가봤어요. 태평양이든 히말라야 높은 산이든, 그리고 유럽의 스페인, 이태리, 크로아티아, 또 아프리카 빅토리아 호수, 오로라 일렁이는 그린란드……그러니 저를 위해 여행하지 마시고 가족끼리 즐거운 시간 보내세요.
소녀	저희는 별에 있다고 했잖아요. 영원히 팽창하는 이 우주를 따라 끝없는 여행을 시작하고 있답니다. 지구에서 여기는 아득히 멀지만, 또 앞으로 갈 길이 얼마나 될지는 알 수가 없어요.
소년	저희가 없어도 지구는 충분히 아름다워요. 빛나는 구슬 같아요.
소녀	이제 이 작은 별, 태양계의 막내 별도 떠날 때가 가까워 오네요.
소년	아빠, 엄마, 그리고 그곳에 있는 친구들에게 저희가 선물 하나 드릴까요?

소년과 소녀가 기타를 치며 노래 부른다.

　　　　일렁이는 오로라를 보셨나요.
　　　　멀고 먼 밤하늘에서
　　　　작은 우리 집에 켜진 불빛 한 점
　　　　보신 적이 있나요.
　　　　작은 별들과 함께
　　　　검푸른 하늘 날아보셨나요.
　　　　우리 가는 길 이렇게

멋지답니다.
아름답답니다.

다음에 만나면 혹시 우리
서로 알아보지는 못해도
가까이 있게 될 거예요, 지금
이름은 아니더라도
같은 색깔로 빛나고
같은 색깔 웃음, 같은 색깔 눈물로
같은 색깔 숨결로
같은 색깔 미소로
바라볼 거예요.

소년, 소녀의 노래는 점점 흔들리고, 노랫말은 끊겼다
이어지고, 소리는 지워졌다 다시 들리고……겨우, 맺지
못하는 끝을 남긴다.

소년 이제 우리 가요. 우리는 가고, 가면서 흩어지고
     길게 사라집니다.
소녀 이제는 안녕. 이제는……
소년 가야 하는데……
소녀 엄마, 엄마가 아직……저기……엄마……

어제 목포에 갔다 왔어. 이제는 배가 바로 섰단다.
바로 선 배에 겨우내 내린 눈이 녹아 물이 떨어지는
거야. 배가 우네, 그랬지. 배가 뉘우치는 건가. 아니
그건 너희들의 눈물이던가. 내 가슴에 내리는
눈물인가. 엄마는 아직도 스스로에 대한 연민을

벗어나지 못하는구나. 죽은 이는 넌데 내가 한없이
밉고 불쌍한 거야. 이렇게 빈 가슴에 싱싱 찬바람만
찾아오고, 너는 이제 꿈에도 오질 않는구나. 바다에서
돌아온 너의 시계는 지금도 돌아가고 있는데 엄마의
시간은 큰 못이 박힌 것처럼, 고르게 뛰지 않는
심장처럼, 겨우겨우 헐떡거리는구나. 너를 따라갈
때를 놓친 걸까. 쇠로 만든 그 커다란 배도 세월이
흐르면 녹이 슬고 삭아서 없어질 테지만 이 정, 이
한은 지워질 건가. 다 살고 할머니로 쪼그라들어도,
노망에 치매에 껍데기만 남아, 그 정, 그 한, 몸 안에
남아 있지 않아도 따로 어디에 남을 건가. 얘야……
얘야……

소녀 ……그 어디에도 없이 사라질 거예요……
      별처럼……멀리, 멀리……

소년 엄마도……아빠도 그렇게…언젠가는……

소녀 우린 흩어질 거야. 몸도, 마음이란 것도……친구
      사이라는……사이도. 사랑해라는 말도……ㅅ ㅏ ㄹ
      ㅏ ㅇ ㅎ…ㅐ…로……그 뜻도 뜻 없음으로……

소년 ……그래도……이 뜻이 사라지기 전에, 마음이
      흩어지기……전에……한번 불러보고…싶다……
      엄……마……

소녀 내 의식이…이 기억이……생각…이……
      사라지기……전에……

소년 ……엄…마……아……빠……

소녀 ……사……ㄹ……ㅏ……ㅇ……ㅎ……

별처럼 울리는, 나뉘고 흩어지고 명멸하는 우주의 빛과 음악

소리와 같이, 하지만 또 기계음 같기도 하고 전자음 같기도

하고, 또는 공기 같기도 하고 무공의 흐름 같기도 한……

것들과 함께……

멀리, 멀리……사라지는 말 같기도 하고 웃음소리 같기도

하고, 울음 같기도 하고……말의 조각, 소리의 조각과 그

꼬리 같기도 하고……

흩어지고 사라지는 그 모든 것들과 함께……

소년과 소녀도 사라지고……

모든 것이 하얗게 빛나며 사라진다.

작품 창작에 참조하고 차용한 자료들

- 416기억교실의 편지글, 메모들.
- 안산 하늘공원 세월호 희생자 묘역의 편지글, 메모들.
- 오준호, 『세월호를 기록하다: 침몰·구조·출항·선원, 150일간의
  세월호 재판 기록』, 미지북스, 2015.
- 진실의 힘 세월호 기록팀, 『세월호, 그날의 기록』, 진실의힘, 2016.
- 416 세월호 참사 시민기록위원회 작가기록단, 『금요일엔 돌아오렴:
  240일간의 세월호 유가족 육성기록』, 창비, 2015.
- 416 세월호 참사 작가기록단, 『다시 봄이 올 거예요: 세월호 생존학생과
  형제자매 이야기』, 창비, 2016.
- 세월호의 아픔을 함께하는 이 땅의 신학자들, 『남겨진 자들의 신학:
  세월호의 기억과 분노 그리고 그 이후』, 동연, 2015.
- 노명우 외, 『팽목항에서 불어오는 바람: 세월호 이후 인문학의 기록』,
  현실문화, 2015.
- 민주사회를 위한 변호사모임, 『416세월호 민변의 기록』, 생각의길, 2014.
- (사)4·16 가족협의회, 4·16 기억저장소 엮음, 『그리운 너에게』, 후마니타스,
  2018.
- 성경전서 개역한글판 편찬위원회, 『성경전서』, Wisdom Bible, 2016.
- 석지현 옮김, 『법구경』, 민족사, 2009.
- 김탁환, 『거짓말이다』, 북스피어, 2016.
- 이상호·안해룡, <다이빙벨>, 2014.
- 이규연, <이규연의 스포트라이트: 우리의 수색은 끝나지 않았다>, JTBC,
  2015.
- 전영우·이신임, <스트레이트: 세월호 '구조하지 않았다'>, MBC, 2018.
- 전영우·이신임, <스트레이트: 추적, 진실 규명을 막은 자들>, MBC, 2018.
- 김방옥 작사·작곡, <그대로 멈춰라> (초등 교과서 음악), Naver, 2018.
- The Beatles, <Yesterday>, "비틀즈-예스터데이 가사" 블로그 비틀즈,
  Naver, 2018.

- 김수연, <심청가> ("심청이 인당수에 뛰어드는 데"), Naver, 2013.

- Naver 지식백과, '명왕성', Naver, 2018.

- 그밖에 신문, 방송, 잡지, 포털 기사, 블로그 등.

이음희곡선

명왕성에서

처음 펴낸날   2019년 5월 14일

지은이   박상현
펴낸이   주일우
펴낸곳   이음
등록번호   제2005-000137호
등록일자   2005년 6월 27일
주소   서울시 마포구 월드컵북로1길 52, 3층
전화   02-3141-6126
팩스   02-6455-4207
전자우편   editor@eumbooks.com
홈페이지   www.eumbooks.com

ISBN   978-89-93166-91-0 04810
              978-89-93166-69-9 (세트)
값   7,800원

+ 이 책은 서울문화재단 남산예술센터와 협력하여
  제작하였습니다.

+ 이 도서의 국립중앙도서관 출판예정도서목록(CIP)은
  서지정보유통지원시스템 홈페이지(http://seojin.nl.go.kr)와
  국가자료공동목록시스템(http://www.nl.go.kr/kolisnet)에서
  이용하실 수 있습니다. (CIP제어번호:CIP2019017102)

KB008784